LA MALDICIÓN

Una novela de Roxanne Fosch

JINA S. BAZZAR

Traducido por
ANDREA IBARRA

Publicado en 2019 por Next Chapter

Editado por Santiago Machain

Diseño de portada por Cover Mint

Textura de la contratapa por David M. Schrader, utilizada bajo licencia de Shutterstock.com

EL SECRETO

Yoncey Fosch era un hombre astuto. Era un Fee (o un Dhiultadh) mixto, ya que su madre había sido una famosa bruja de la Tierra. Era un hombre de muchas cualidades, excelentes atributos. Era rico, habiendo tenido siglos de riqueza acumulada que le habían conferido su abuelo, su padre y su difunta madre. Era ridículamente guapo, habiendo heredado los encantos de su padre de sangre pura y su hermosa madre gitana. Tenía el pelo oscuro que daba ondas suaves alrededor de sus hombros, ojos oscuros rodeados de pestañas gruesas, dándole una mirada romántica de ensueño. Tenía la nariz de un poeta y una boca esculpida. Era alto, ancho, perfilado. Un maestro de espadas invencible. Sorprendentemente preciso con una ballesta. El campeón de arco y flecha del clan, habiendo ganado cincuenta competencias de tiro con arco en las últimas dos décadas. Era un maestro en artes marciales, el sensei de los descendientes de su clan. Incluso era útil con las armas más modernas, aunque no tenía gusto por las armas.

De su madre bruja de la Tierra, había heredado la habilidad de alimentar runas, sigilos y glifos. Aprendió a controlarlos, a impregnarlos de cosas vivas y muertas, a mantenerlos ocultos de los ojos inteligentes. De su padre aprendió a cazar, cambiar, volar y gobernar. Su sabiduría vino de sus padres y de la larga vida que había llevado. Con todo, Yoncey Fosch no sólo era un ser bendito y un producto de buenos genes, sino un poder a tener en cuenta.

Tenía una hermana menor que nadie recordaba, y cuyas circunstancias lo habían mantenido alejado de ella, un medio hermano y media hermana del lado de su padre, junto con una hermanastra del tercer matrimonio de su padre, y una media tía del lado de su madre.

Era líder del clan de la Unseelie Dhiultadh, donde gobernaba con un puño de hierro y un corazón cálido. Era amado por todos y todo, incluyendo los árboles y los animales. Era un hombre carismático de pocas palabras y muchas sabidurías. Pero en la primavera de 1822, Yoncey Fosch era cualquier cosa menos inteligente. Al contrario, era un hombre desesperado y afligido.

Se apresuró a través de la tierra de Sidhe, la tierra prohibida, con un corazón pesado y una necesidad frenética. Los gigantes árboles ondulantes susurraban palabras que no le importaba oír. Tenía un propósito, un mandado tonto. Sí, era consciente del horrendo error que estaba a punto de cometer. Si su madre estuviera viva, nunca necesitaría un favor tan atroz.

Los animales de esta tierra lo conocían, reconocían a un nativo, aunque este ya no era su mundo. Las criaturas de dos cabezas observaron su progreso curiosamente. Animales saltando como conejos se movía junto con él, sus colas largas, cosas reptilianas que le ayudaban a saltar a las ramas altas y a moverse a través de los pabellones con facilidad. Su familiar, una sombra joven a quien una vez le había dado un traidor para comer, se agitó, invisible en su dimensión superior. Fosch sintió su malestar, quiso tranquilizar a su compañero de mucho tiempo, pero estaba demasiado enfermo del estómago, a pesar de que estaba decidido a llevar a cabo esta misión.

Un pájaro de tamaño desproporcionado cantaba una dulce canción en lo alto de la vegetación, otras aves se le unieron rápidamente. Fosch apenas prestó atención, con los ojos fijos en el claro que podía ver al frente. Era una reunión secreta, una condición en la que ambas partes habían acordado. Ya podía ver la silueta del hombre de pie en medio del claro, observando algún pájaro invisible o simplemente el hermoso cielo. El claro, un lugar para el asesoramiento de paz, estaba protegido contra saltos dimensionales, tan seguro contra intrusos o ataques directos como el propio castillo de Seelie.

Fosch emergió en el claro con un paso seguro, un líder guerrero confiado en su lugar, consciente de que no se mostraba nada de la ansiedad y la agitación que sentía. El cielo era un cuenco azul vívido, como nada que hubiera visto en cualquier otro mundo. Si no hubiera sido por el momento sombrío y la alta realeza de Fee con los brazos cruzados a pocos metros de distancia, Fosch se habría detenido a admirar la belleza del cielo y la tierra. Estaba desarmado, era también una condición, una que cumplió con honor. No consideraba a Gongo, su familiar, un arma, sino un amigo. Algo que sabía que Oberon estaba al tanto.

Fosch se detuvo a cuatro pies de distancia del consorte de Seelie. Si se acercara más sería interpretado como un insulto, y Fosch no había pedido que esta reunión se convirtiera en pelea.

Oberon levantó su barbilla arrogante. "Fosch."

Fosch devolvió la subida de la barbilla. "Oberon."

Aunque la realeza de Fee parecía un hombre ordinario de tamaño y estatura mediana, Oberon era cualquier cosa menos. Una verdad que podría ser vista por su postura recta, agilidad, y la astucia en sus ojos marrones profundos. O por la espada, porque la habilidad de Oberon era más que excelente. Era un campeón entre los mejores. Fosch había peleado con él una vez en un duelo por ser el mejor espadachín, y horas más

tarde tuvieron que cancelarlo porque ambos hombres tenían deberes que atender.

"Vamos a caminar." Oberon se volteó y se dirigió hacia la línea de los árboles, las manos entrelazadas detrás de su espalda.

Fosch se acercó a él, acortando sus pasos para seguir el paso de las piernas más cortas de Oberon. Ambos hombres pasearon en silencio, sus rostros eran máscaras de calma. Parecían dos colegas dando un paseo por el bosque.

Entraron en el bosque una vez más, viajaron más de un kilómetro y medio a través del crepúsculo verde y pacífico antes de emerger en lo alto de una colina inclinada donde terminaban los árboles. Ambos hombres consideraban esta tierra como la mejor de las artes. La hierba era crujiente, crujiendo debajo de su peso. Una nube solitaria flotando, blanca y pesada, mientras que el sol brillaba incandescente, enfriado por una brisa fragante.

—Rosalinda falleció anoche, —dijo Fosch, palabras de dolor en una tierra de belleza y serenidad. Era casi como una blasfemia para estropear el aire con palabras de tristeza.

Sin dudar, captando la nota de dolor, Oberon inclinó la cabeza, concentrándose en un punto lejano en el horizonte. "¿Un sujeto del clan? No solo eso simplemente."

Rosalinda no era solo un miembro del Clan. Ella era la media tía que nadie conocía, así que Fosch simplemente se encogió de hombros. De todos modos, su misión revelaría más de lo que se sentía cómodo en compartir.

Un animal de dos cabezas pasó por la cercanía, lo suficientemente cerca como para ser tocado por Oberon. Siguió el progreso del animal por la colina con su mirada, dándole tiempo a Fosch para componer su petición. Era por lo menos un pie más bajo que Fosch, por lo menos veinticinco kilos más delgado, pero no carecía de ninguna presencia o carisma.

—¿La peste? Oberon dijo.

Si hubiera sido cualquier otro Dhiultadh, Oberon se

habría ido, habría considerado que no valía la pena la comodidad del Dhiultadh por su preciado tiempo. Pero Fosch era un hombre de su palabra, leal, honesto, considerado, y un gobernante temible, sin embargo. Son cualidades que no se encuentran fácilmente en tal posición de poder. Una o dos, tal vez, pero no todas a la vez, como Oberon había sido testigo de muchos gobernantes que una vez habían sido leales y justos que se corrompían por su posición de poder. Pero Fosch había sido un líder durante muchos siglos, y sus cualidades permanecieron intactas. Si no fuera un Dhiultadh, Oberon lo habría admirado. Además, era un excelente oponente, uno que Oberon disfrutaba. Si no fuera por la herencia de Fosch, Oberon podría haberlo considerado un amigo. Pero era un Dhiultadh, un rechazado de la tierra de Sidhe, mitad Seelie, mitad Unseelie. O un cuarto de cada uno de ellos, considerando que una parte de él era de bruja de la Tierra.

Oberon había estado de luto por la madre de Fosch, Odra, y su trágica muerte, sintió pasar la pérdida de un buen espíritu. Había ofrecido sus condolencias, y la de su reina, a Fosch en persona.

—Sí, la peste, gruñó Fosch.

Era una enfermedad misteriosa, sus síntomas se manifestaba gradualmente, lo que dificultaba su identificación hasta que era demasiado tarde. Un escalofrío, un rasguño, una tos asfixiante que se curaba tan abruptamente como comenzaba. Una media hora de sueño extra, un vaso extra de agua. Luego estaba la rabia. Primero, sólo comentarios rápidos. Después, discusiones que no tenían sentido. La necesidad de asumir riesgos innecesarios. Después, la oleada de asesinatos que nadie podía detener sin cortarles la cabeza. Hasta ahora, Fosch había perdido once miembros.

—Gerome, —dijo Fosch.

—Ah. ¿Estás seguro? Oberon miró a Fosch por primera vez.

—Durmió un poco más ayer. Se enojó cuando le pregunté al respecto.

—Ah. La palabra de Oberon llevaba un mundo de entendimiento.

Gerome Archer, el medio hermano de Fosch.

Ambos hombres devolvieron sus miradas al cielo azul, contemplando lo que su corto intercambio significaba en un esquema más grande.

—¿Qué es lo que quieres? —preguntó Oberon.

—Las piedras de la unión.

Ahora Oberon se volteó hacia él. "¿Deseas desterrar la plaga?"

Fosch se encogió de hombros.

Era demasiado, pero tenía que hacer algo. Y su año de investigación no había dado frutos.

—La plaga es una fuerza, una externa, —dijo Fosch. "Mi madre me enseñó lo suficiente como para darme una comprensión rudimentaria de las piedras de la unión." No era una mentira, pero tampoco era toda la verdad. Oberon no necesitaba saber cuánto se le había enseñado a Fosch. "Las usaré al revés, uniré su fuerza interior a él mismo, desterraré lo que sobre."

Oberon se quedó en silencio por unos momentos. Fosch lo dejó ser, sabiendo que tendría que convencerlo de una manera u otra. Daría cualquier cosa por la oportunidad de salvar a su hermano menor. Tortura, una extremidad, servidumbre. Daría su propia vida por sus hermanos, particularmente por Gerome, pero su vida era algo que daría a varias personas.

—Puede o no que las piedras de la unión funcionen, advirtió Oberon.

Fosch dejó salir un suspiro. "Es la única opción que tengo. Acepto cualquier sugerencia."

—No tengo ninguna. Mi pueblo no sufre ninguna enfermedad mortal. Era una reprimenda condescendiente, dada sin burla.

Oberon estudió el rostro de Fosch, el fuerte conjunto de sus mandíbulas, la mirada clara y constante, no encontró incertidumbre, pero no esperaba nada de eso.

—Habrá un precio, Yoncey Fosch, hijo de Dhiultadh Bran Fosch. ¿Estás dispuesto a pagar?

Aunque su estómago saltó con agitada ansiedad, Fosch asintió con la cabeza. Era en contra de su sano juicio negociar con un Fee de la realiza, con el consorte de la reina Titania, nada menos.

—Entonces, Dhiultadh Yoncey Fosch, nos encontraremos de nuevo en el círculo de piedra, cuando el sol toque el horizonte con tonos dorados y rojos.

Ambos hombres miraron al cielo, el sol ya descendía hacia el otro lado. Fosch calculó unas horas, mínimo.

Sin decir una palabra, ambos hombres se fueron en diferentes direcciones. Ahora, Fosch tenía que ir a estudiar los diarios de su madre y encontrar los sigilos y runas adecuadas que usar. Tal vez unos cuantos glifos como base del trabajo. A pesar de que ya tenía una idea del ritual que iba a realizar, incluyendo las hierbas y raíces que necesitaría, iba a leer los diarios de su madre una vez más para asegurarse de no saltarse ni un paso.

Por Dios, él lo haría bien, sin importar el costo.

2

EL RITUAL

Tres días después de que Fosch adquirió las piedras, pasó a través de las puertas de la finca de su hermano en Wyoming. Se encontraba cerca del Parque Nacional Yellowstone, doscientas hectáreas de tierra de primera que bordeaban a Idaho en el lado occidental. La casa de Archer, un extenso edificio de piedra de doscientos cincuenta metros cuadrados, era una mansión de dos pisos en forma de L con ocho dormitorios espaciosos, todos lujosamente decorados. Había una casa cerca de la piscina donde vivían los sirvientes, un granero, un corral de gallinas, un establo con tres sementales pura sangre, uno negro, uno blanco y otro marrón con una melena de oro miel. El negro pertenecía a Archer, los otros dos a Arianna, amante de Archer.

Fosch hubiera preferido venir la noche anterior, pero Gongo le había informado que Arianna estaba en casa, por lo que Fosch tuvo que esperar. Se había dicho a sí mismo que si Arianna no se había ido para la noche siguiente, él realizaría el ritual delante de ella, sabiendo que ella no lo juzgaría, incluso si adivinaba las medidas que Fosch había tomado para conseguir las piedras. Después de todo, ella no era una Dhiultadh, así que carecía del resentimiento que ellos tenían contra

8

los tribunales de Seelie y Unseelie. Ella era, de hecho, amigable, si no amiga, de los habitantes de la tierra de Sidhe. Pero Arianna se había ido temprano esta mañana y Gongo no la había visto regresar.

Así que la casa estaba vacía. Los sirvientes estaban de vuelta en la casa de la piscina, y Laura, la asistente interna, estaba dormida en su habitación en el primer piso. En el momento en que Gongo había dicho que no había moros en la costa, Fosch dejó el complejo del clan, veinte mil hectáreas de bienes raíces de primera a las afueras de Bristol, Rhode Island, un viaje de cuarenta y cinco minutos saltando a través del margen.

Fosch había pasado los últimos tres días en su estudio privado, aceptando sólo la presencia de su asistente doméstica. Había repasado el ritual muchas veces, buscando posibles variaciones y tomando notas. Ahora, aquí estaba. Era tarde, pero había retrasado su llegada a propósito para mantener la misión lo más secreta posible.

Gongo había ido a la casa de la piscina, se aseguró de que todos estuvieran profundamente dormidos. Se le habían dado órdenes de vigilar. Fosch merodeaba en la finca como un ladrón profesional, moviéndose de sombra en sombra, a través de la puerta principal abierta, subiendo la escalera en espiral, hasta el segundo piso. Las lámparas todavía estaban encendidas en la habitación de su hermano, pero Gongo nunca se había equivocado, y Fosch abrió la puerta pesada lentamente.

La habitación era masculina, decorada con marrón oscuro y amarillo pálido. Los muebles pesados y gruesas antigüedades hechas de madera oscura con bordes afilados brillaban con esmalte de madera. La enorme chimenea estaba apagada, limpia, excepto por algunos troncos, listos para su uso.

Archer estaba dormido encima del edredón suave, el pecho y los pies desnudos, su cabello dorado se extendía sobre la almohada. Un brazo estaba arrojado sobre su cara, el otro tembló ligeramente por encima de su estómago desnudo. Un brillo de sudor cubría el torso de su hermano, a pesar de que las ventanas se habían dejado abiertas y la habitación estaba fría e invernal a pesar de que era primavera.

No había razón para que hubiera sudor, que estuviera con el pecho desnudo, que tuviera la ventana abierta o el fuego sin encender. Su hermano estaba realmente enfermo, Fosch se dio cuenta. Hasta ese momento, esperaba estar equivocado, que el estado de ánimo de su hermano y el sueño extra hubieran sido una reacción a otra cosa. Ahora, con la verdad mirándolo a los ojos, sabía que no podía fallar.

¿Cuánto tiempo tuvo su hermano? ¿Cómo funcionaba la plaga exactamente? ¿Por qué afectaba a cada individuo de una manera diferente?

Fosch se acercó a la cama lentamente, con sus pasos amortiguados por las gruesas alfombras de invierno que cubrían los brillantes tablones de madera. Un vaso vacío yacía de lado en la mesa de noche, un par de pendientes olvidados junto a él. Era el único toque femenino en la habitación. Por un momento, Fosch se quedó allí, mirando las líneas en la cara de su hermano. No parecía estar tranquilamente dormido. Un gruñido medio formado se dio en sus labios, sus dedos temblaron, las venas en su cuello estaban abultadas. Parecía un hombre al borde de un ataque de ira.

Con una mano firme, Fosch tomó la jeringa e inyectó el sedante de caballo en el bíceps de Archer. El brazo de Archer bajó, sus ojos se abrieron un momento, y un gruñido pasó por sus labios. Entonces la confusión entró en sus ojos antes de que se llenaran de lágrimas, y el gruñido murió. El brazo de Archer se cayó de la cama y Fosch lo colocó sobre su estómago desnudo. Fosch desató la pequeña bolsa con las hierbas y raíces que había machacado, y sumergió un pequeño pincel en el brebaje con fuerte olor.

Le tomó una hora dibujar todos los sigilos en el pecho, el abdomen, la frente, y luego incrustar cada sigilo con una runa de poder. Había practicado la precisión de la obra la noche

LA MALDICIÓN

pasada, sin querer tener que dibujar los símbolos más de una vez y arriesgarse a manchar la obra. El tamaño del sigilo tenía que ser equilibrado de manera que las piedras de la unión pudieran caber sin tocarse unas a otras y también las runas más pequeñas.

Fosch colocó las piedras de la unión exóticas en el centro de cada runa, se pinchó el dedo con una garra afilada similar a un bisturí y atrapó los símbolos dentro de un círculo sanguíneo. Tuvo que cortarse el dedo un par de veces para mantener el flujo. Era una tarea bastante simple para atrapar la energía dentro de los círculos, un ritual básico que su madre le había enseñado cuando era sólo un niño.

A continuación, dio la vuelta al sigilo en el abdomen de Archer, comenzó desde la parte superior y se movió en el sentido de las agujas del reloj. Luego se movió a la del pecho, y luego a la frente, abarcando tres de los siete chacras principales. Una vez que cada sigilo había sido rodeado, colocó una piedra adicional fuera del círculo mirando hacia el norte, opuesta a la que estaba dentro del círculo. Azul para la piedra roja, verde para la amarilla, blanco para la negra.

Cuando cada símbolo hubo sido dibujado, atado y alimentado, Fosch comenzó a extraer energía de su cuerpo, dirigiéndola hacia las piedras exteriores, que a su vez reflejarían la energía en las piedras interiores y las despertarían. Los sigilos, símbolos curativos que su madre rara vez tenía que usar, viajaban a través del cuerpo de Archer, rebañaban cualquier insalubridad que viviera dentro, y las tiraban hacia el círculo. Había añadido la runa de contención para enfocar la plaga en medio del sigilo, donde cada piedra absorbería la mala energía, o vibraciones. Esperaba que la plaga fuera algo etéreo, algo que no tendría que extraer sangre, ya que había leído que extraer sangre a un círculo curativo podría ser tan fatal como la enfermedad misma. Teniendo en cuenta que su única otra opción era dejar que la plaga tomara su curso fatal, optó por arriesgarse con las piedras de la unión y el ritual.

Una vez que la piedra interior había recibido suficiente energía mala, la piedra exterior repasaría el círculo sangriento y contendría la piedra para evitar que se sobrecargara y explotara. Nunca había hecho esto antes, y no había encontrado el ritual en el diario de su madre, en el de su abuela materna o en el de su bisabuela. Pero había menciones aquí y allá, una contención parcial para la fiebre negra, un sigilo curativo para la serpiente malvada Fordra (lo que sea que fuera eso) y, por supuesto, el ritual de unión que los Seelie usaban para desterrar a un Seelie traicionero a su forma elemental.

Archer se estremeció, pero además de eso no se movió, y su respiración rítmica no flaqueó. Una y otra vez Fosch sacó de su energía, la dirigió a las piedras de la unión, que a su vez despertaron las runas, luego a los sigilos, hasta que comenzó a sentirse mareado. Desaceleró entonces, sabiendo que, si alguien entraba, encontrarían sus ojos de color naranja brillante, su cabello parado como si hubiera sido electrocutado, verían el cuerpo boca arriba sangriento de Archer, sangre goteando de su nariz, oídos, ojos, y asumirían que Fosch estaba realizando un ritual de ataque contra su propio hermano.

Fosch siguió empujando energía a las piedras hasta que ellas también tomaron un resplandor iridiscente. Estaba funcionando. Duplicó sus esfuerzos, sintió que el mundo giró una vez, preparó las piernas para un mejor equilibrio. Cuando el mundo giró de nuevo, Gongo se apretó contra su pierna y le ofreció parte de su energía. Fosch la tomó, se la llevó toda.

Durante horas, trabajó hasta que las piedras centrales flotaban como mini estrellas por encima de cada runa, y las piedras exteriores orbitaron a su alrededor, sin alterarse de su ritmo constante. Sólo entonces Fosch detuvo el flujo de energía. Se balanceó mientras pinchó un dedo, tocó una punta ensangrentada a la piedra azul brillante, y la recogió antes de que cayera de nuevo sobre el cuerpo de su hermano. La piedra roja, la del medio, inmediatamente comenzó a caer, y Fosch la arrebató antes de que golpeara el centro de la runa. Había sangre y suficiente energía para que Fosch se diera cuenta de que la plaga había sido a la vez etérea y corporal, algo que tendría que investigar más tarde.

Él colocó las piedras de la unión, ahora brillando como estrellas de colores, en la bolsa protegida que Oberon le había proporcionado, y limpió a su hermano. No había nada que pudiera hacer sobre las pequeñas heridas que dejó el ritual, pero la sospecha era un pequeño precio que su hermano tendría que pagar por una buena salud.

La limpieza tomó otra hora, otro sedante, y para entonces el cielo estaba empezando a despejarse. No dejó rastros de su visita: ni gota de sangre, ni símbolos, ni olores más que el del ozono, y las pequeñas heridas que sabía que Archer siempre se preguntaría por ellas, incluso después de que ya no pudiera verlas.

Cuando una nueva serie de mareos hizo que Fosch se detuviera y pusiera una mano en la pared para equilibrarse, admitió que tal vez debería haberle confesado sus planes a Arianna, considerando que ella también podía alimentar las runas. Y mejor que él, ya que ella no necesitaba extraer energía de sí misma, sino que también podía manipular la energía perdida, absorbiéndola desde el ambiente hasta ella misma, un trabajo en progreso, o redirigirla a donde quisiera. Ella era un ser de energía, de un planeta a miles de millones de años luz de distancia, y Fosch se alegró de que sólo había otros dos como ella. Eran seres peligrosos, capaces de matar planetas enteros, como lo habían hecho una vez cuando cayeron a través del portal. Pero a pesar de todos los defectos de Arianna, ella era leal, dispuesta a morir por los que amaba, y Fosch a veces sospechaba que Archer podría ser uno de ellos.

Otras veces, compadecía a Archer por su amor. Porque como forastero del drama entre ellos, Fosch entendía que

JINA S. BAZZAR

Archer y Arianna nunca se aparearían, dado que no eran iguales. Aunque Archer no era débil, ella era más fuerte que él por kilómetros. De hecho, Archer era un hombre formidable: fuerte, competente y justo. Era uno de los pocos que Fosch admiraba, respetaba, y que veía como un igual. Fue por ello que saber que se había infectado por la plaga había afectado a Fosch de tal manera.

Gongo se presionó contra la pierna de Fosch, todavía invisible, y Fosch, sintiendo su preocupación y ansiedad, le envió un pensamiento tranquilizador.

"Nada que un buen descanso no pueda curar", le dijo a su fiel amigo, y se separó de la pared.

✣ 3 ✣

EL TRATO

Fosch tardó unos meses y una docena de otros rituales para purgar la plaga maldita de su clan. Se había llegado a saber que aquellos que escaparon de la plaga se despertaban por la mañana exhaustos y con tres extrañas cicatrices, o juraban que un ángel con enormes alas emplumadas había llegado a sus ventanas por la noche y los había mirado hasta que se habían curado.

Sólo tres miembros habían muerto, y sólo porque habían sido demasiado testarudos como para denunciar los síntomas, haciéndolo demasiado tarde para salvarlos. Fosch los había matado por misericordia él mismo. Se entristeció por esos tres, pero así era la vida.

Había quienes vivían demasiado lejos como para llegar a tiempo. No podía saltar el margen sobre el océano, y los barcos tardaban demasiado en cruzar. También hubo un brote en Siberia, donde la plaga había matado a ocho miembros del clan, algo de lo que Fosch sólo había oído hablar unos meses más tarde. Había estado de luto por ellos también. Los de la familia Belochkin había sido unos conocidos cercanos, pero sus muertes ocurrieron antes de que él hubiera adquirido las piedras de la unión.

El clan era demasiado grande y estaba demasiado extendido, Fosch se lo decía al sumo consejo a menudo. Necesitaban dividirse, formar subclanes que respondieran a su líder. Sin embargo, siempre había sido superado con votos. Sólo ahora, cada vez que los mataba por misericordia, odiaba haber sido el que sugirió que votaran por cada cambio importante.

Fosch guardó las piedras durante todo un año después de haber hecho el último ritual, antes de devolvérselas a Oberon. Aunque no tenía ninguna duda de que la plaga había terminado, si alguno de los miembros presentaba signos de la peste, era el acuerdo que Oberon devolvería las piedras de la unión a Fosch sin más exigencias.

"¿Qué implica la finalización del trato?" Fosch le preguntó a Oberon, parado en el mismo lugar que cuando se reunieron hace dos años.

El cielo seguía siendo de color azul vivo, los árboles todavía estaban exuberantes y llenos, susurrando brisas detrás de ellos como la relajante caricia de un amado. El suelo era tan verde como podría ser, lleno de insectos y de vida invisible en miniatura.

Oberon sacudió la bolsa, haciendo que las piedras emitieran un sonido atractivo. Se tomó su tiempo respondiendo, aunque había tenido dos años para contemplar su precio. Los nudos en el estómago de Fosch apretaron aún más, pero su rostro se mantuvo pasivo. Ya había tomado medidas para garantizar la seguridad del clan renunciando a su liderazgo y asegurándose de que la palabra viajara y llegara hasta llegar a la tierra de Sidhe.

—Hagamos un trato… tal vez un hijo sería un precio adecuado. Oberon reflexionó.

El estómago de Fosch se revolvió.

—Un Dhiultadh, uno lo suficientemente fuerte como para alimentar las piedras de la unión y todavía vivir para contarlo.

Me da curiosidad pensar qué cómo sería un hijo tuyo y de Seelie.

Fosch no esperaba tal petición, así que no había ensayado un argumento convincente en su contra. Un error, ya que era muy consciente de las dificultades que el Sidhe enfrentaba para producir descendencia.

Su descendencia ya tendría algo de sangre de Fee, y en unas dos, tal vez tres generaciones más tarde, el heredero tendría la suficiente puridad de sangre como para aparearse y producir uno o dos Seelie antes de que la infertilidad entrara en acción. Cuestión de cincuenta años, tal vez, y algunas nuevas sangres puras de Sidhe nacerían. Y Fosch estaría ayudando al ejército de su enemigo a crecer. Su clan nunca se lo perdonaría.

—Ningún Seelie aceptaría un apareamiento con un Dhiultadh, —dijo Fosch. —Mucho menos un Unseelie Dhiultadh.

—No, no lo haríamos. Para eso, producirás un hijo que será criado de acuerdo con nuestras reglas y tradiciones aquí en la tierra de Seelie.

Fosch apretó las mandíbulas y los puños. "Cada vez es más difícil producir un descendiente. Sin duda, su alteza, usted sabe esto. Porque los Unseelie Dhiultadh, aunque bendecidos una vez con fertilidad, ahora también enfrentan dificultades para reproducirse."

Oberon gruñó. "Ustedes Dhiultadh son cada vez más tercos. Tus "semejantes" no han tenido tales dificultades, porque son criaturas versátiles."

Una vez, hace mucho tiempo, Verenastra, la hija de Titania, conoció a Madoc, el líder de la corte Unseelie, y produjo con él un descendiente, una hija a la que llamó Oonagh. Los miembros del clan de Fosch eran descendientes de Oonagh y Finvarra, el hijo bastardo de la actual gobernante de la corte Unseelie, la reina Maive. Cuando Madoc intentó matar a Verenastra, ella huyó de la tierra de Sidhe y se apareó con

Elvilachious, el líder de la estrella Tristan. Criaron y comenzaron una línea diferente por completo, ahora llamada Seelie Dhiultadh, o los mejores parientes de la Unseelie Dhiultadh.

"Su linaje está diluido", argumentó Fosch sin enojarse. Nunca había sido uno para considerar a sus primos como los débiles del clan de la manera en que todos los ancianos de su clan lo sugerían. Y una vez, durante el reinado de su padre, se había atrevido a expresar su opinión y casi había sido expulsado por ello. Después de que ese incidente en particular había sido resuelto, Fosch dejó de expresar su opinión, incluso cuando surgía un debate, que a menudo lo hacían, y algunos de los ancianos apuntaban a miradas atrevidas hacia él.

Sí, su madre no había sido un Dhiultadh, pero el matrimonio de sus padres había sido un arreglo poco convencional, una manera de fortalecer el clan durante una época de guerra, e incluso eso no había funcionado bien. Fosch, el primogénito, se suponía que era un descendiente del Aquelarre de Brujas de la Tierra, pero su padre, el líder del clan en ese momento, había eludido el acuerdo declarando a Fosch el próximo líder del clan, sometiendo el primer siglo de Fosch a una vida rigurosa de entrenamiento, haciendo que Fosch no fuera apto para el Clan de las Brujas de la Tierra.

Una larga y sangrienta disputa había seguido la declaración de su padre, hasta que su madre produjo a Cora, una hermana que Fosch solo había visto un puñado de veces, y que ahora gobernaba sobre el aquelarre menguante. Sus padres eran el único matrimonio inter-especie permitido, y ni un solo miembro del clan protestó cuando sus antepasados (arrogantes y atrasados líderes del clan) decidieron que cualquier relación marital inter-especie diluiría su sangre, y decretaron tal cosa una blasfemia. Por supuesto, en el momento de este decreto, los vástagos no habían sido un problema, sino una bendición. Muchos de sus antepasados tenían más de media docena de hermanos. Algunos incluso más de una docena.

Su clan primo, el Seelie Dhiultadh, por otro lado, se reproducía más fácilmente debido a su flexibilidad y disposición para explorar la relación entre especies, e incluso con esta verdad frente a ellos como una estrella brillante, el clan todavía se negó a expandirse. Fosch sospechaba que un día el clan vería la razón, o se vería obligado a hacerlo, cuando el número de Unseelie Dhiultadh comenzara a disminuir hasta la extinción.

Oberon agitó una mano con desprecio antes de ponerse las manos detrás de la espalda.

—No hablamos del clan Tristan. Un hijo es mi precio del trato, Yoncey Fosch, hijo de Dhiultadh Bran Fosch.

Fosch inclinó la cabeza en acuerdo, aunque sus entrañas lo negaran a gritos.

—Pero voy a aliviarte la carga, —dijo Oberon. "Quiero un hijo mitad humano, para engendrar cuatro miembros de la realeza para mi reina."

Asombrado, Fosch se volteó hacia él. "¿Para ti? ¿Un hijo mío y de un humano para ti?"

Oberon inclinó la cabeza hacia arriba, con los ojos marrones penetrantes. "Te ofende."

Fosch se encogió de hombros. Cumplir su parte del trato no significaba que le tuviera que gustar.

Aunque tanto su postura como la de Fosch eran relajadas, la tensa energía crujía a su alrededor.

Oberon devolvió su mirada a la tierra. "Para responder a su pregunta, no para mí, no. Pero lea haré saber que la tercera generación de esta descendencia será lo suficientemente Seelie para mi reina."

Ah. Un híbrido humano, lo suficientemente fácil de producir. Ya sería parte Fee. Y produciría cuatro crías. Cada una se aparearía y produciría tantos como fueran capaces, aumentando los genes Sidhe. Esos producirían tantos como pudieran, y una vez que la reina Titania los considerara lo suficientemente Seelie, ella elegiría a los que se mostraran más prometedores y los emparejaría con sus mejores. El ejército de Seelie crecería. Dios sabría por cuántos.

—¿Por cuánto tiempo? —preguntó Fosch.

—El hijo nacerá y se criará en la corte. Se te permitirá visitar y ser presentado como el padre, si así lo deseas. Una vez que se produzcan los cuatro hijos, el descendiente puede irse contigo o regresar al reino mortal.

Fosch estuvo en silencio durante mucho tiempo, contemplando el precio de la vida de su hermano, junto con una docena de otros. No se arrepintió de su obra, del trato, ni siquiera del precio. No, lo que se le atascó en la cabeza era la parte humana. No le gustaban los humanos, nunca lo mantuvo en secreto. Incluso podría ser por eso que Oberon especificó el híbrido humano. Fosch no tendría problemas para entregar el hijo. No querría presentarse como el padre. Un híbrido humano, nada más que una abominación. Ni siquiera su clan primo se rebajaba a tal altura como para reproducirse con un humano.

Para reproducirse cuatro veces, tendría que ser hembra, por lo que cualquier descendencia masculina sería ignorada. Qué precio tan inteligente. Era cierto que las dificultades para reproducirse se extendían hasta su forma de evitar de aparearse fuera del clan. Pero un híbrido humano era fácil de lograr. De hecho, sería más problemático conseguir un humano digno para llevar su semilla.

—Tendré que encontrar un recipiente adecuado para mi semilla, —dijo Fosch.

Oberon inclinó la cabeza y se alejó.

Fosch esperaba que su primera descendencia fuera hembra, por lo que no necesitaría reproducirse más de una vez, y esperaba que esta hembra produjera cuatro crías masculinas para que Oberon no pudiera criar un ejército a partir de ellos.

En cualquier caso, ¿qué se suponía que debía hacer con un híbrido humano después de eso? No le serviría de nada al clan. Harían de la vida de ese hijo una llena de miseria de burla y humillación.

Fosch se detuvo en el bosque, con la cabeza amartillada como si escuchara algún pensamiento interior. Gongo apareció a su lado, todavía del tamaño de un niño a pesar de tener trescientos cincuenta y seis años. Fosch se encontró con el entendimiento en la mirada de su compañero.

—Nunca acordamos la cantidad de tiempo, le dijo a su familiar, que se agachó a su lado.

—No, maestro, —dijo en un tono profundo.

Fosch se rio, un largo sonido en auge que resonó y asustó a las aves exóticas, las cuales se echaron a volar.

❧ 4 ❧

LA CONSCIENCIA

A PRINCIPIOS DEL AÑO 2014

Arianna Lenard tropezó con una roca, ciega de dolor y rabia. La hija de su vientre, el hijo de su corazón y el amigo de su alma, todos se fueron en el lapso de una semana. La primera, asesinada. El segundo, no más que un vegetal. El tercero… desaparecido. Arianna había venido a las Tierras Bajas para buscar venganza, pero venganza no fue lo que consiguió.

Ella tropezó de nuevo, cayó de rodillas.

—Siempre puedes unirte a mí, —dijo un estruendo nasal detrás de ella.

—Nunca, lanzó a través de los dientes afilados.

El hombre suspiró dramáticamente. —Sólo habrá dos lados para estar de pie cuando esto termine, Ari. O estás conmigo o contra mí.

—Prefiero morir permanentemente, gruñó, agarrando las rocas con puntas afiladas lo suficientemente fuerte como para que la piel de sus manos se rompiera.

La sangre se derramó en un charco, pero el dolor agudo la mantuvo concentrada.

—No podemos detenerlo, —dijo el hombre. "Incluso si me matas una y otra vez, lo inevitable sucederá como la naturaleza lo desea. De esta manera, garantizo control y autoridad sobre todo".

—¿Y quién te hizo un dios? Arianna se burló. Nunca había usado un tono tan condescendiente, ni siquiera con Remo, pero se sentía separada de la persona que había sido hace una semana.

—No eres más que otra criatura, —dijo. —Sólo otro de ellos. Pronto se preguntarán por qué eres tú y no alguien más. ¿Qué crees que pasará entonces?

Remo no dijo nada.

Arianna tiró los brazos de par en par. "Mira lo que los tres hicimos. Echa un vistazo."

Ambos examinaron la destrucción total que su llegada había causado hace más de medio milenio. Aunque ninguno de ellos recordaba cómo era esa tierra, ambos habían visto suficientes pinturas y retratos para saber que habían destruido uno de los planetas más bellos que existían. Nada había escapado de la llegada de los Seres Cuásar estelares: ni insecto, ni planta, ni árbol, ni animal, ni siquiera los guerreros enviados a luchar por la tierra.

—Ellos vendrán, Ari, con o sin tu aprobación, —dijo Remo con calma.

Arianna se puso de pie lentamente, su apariencia desaliñada como un espejismo deformado de su dolor.

—Encontraré la manera de detenerlo. Te empujaré a través de ese portal, y luego cerraré esa cosa detrás de ti.

Sus suaves ojos verdes ardieron con determinación, pero Remo sólo la miró pacientemente. Una vez, él había sido tan alto y hermoso como ella, pero el poder y la codicia lo habían corrompido hasta ser esta… esta manifestación.

—Mírate, Re. Te estás perdiendo a ti mismo. Te has transformado en un monstruo.

Sonrió, levantando los brazos. "El poder es algo maravilloso, Ari. La apariencia externa no significa nada."

Soltó el glamour que siempre tuvo bajo control, y una explosión de energía golpeó a Arianna tan fuertemente que dio un paso atrás inconscientemente.

Ella gruñó por lo presumido que era. "Has estado alimentándote... ¿de qué? ¿O quién?"

Hace mucho tiempo, ella había cazado con él, aumentando exponencialmente la energía que podían cultivar de un ser. Pero eso era antes, cuando ella no sabía que tenía que lastimar a alguien o algo para generar poder. Tanto ella como Zantry se habían alejado de esa noción y dejaron de drenar las cosas, tomaron sólo lo suficiente para sobrevivir. Y sólo de una fuente de agua. Durante un tiempo, Remo se había unido a ellos, contento con lo que consiguieron. Una vez, ella incluso lo había considerado un amigo, un espejo de su alma.

Remo se acercó, tiró de la energía corrupta en sí mismo de nuevo. "Lo dijiste tú misma. Mira a tu alrededor, Ari, observa lo que hemos hecho tres de nosotros. El portal no se puede cerrar. ¿Qué crees que sucederá cuando vengan, sin control?"

—Mataste a Cara, mi propia hija, Arianna se ahogaba al exclamar.

Remo agachó la cabeza, sus ojos inexpresivos mientras la contemplaba. "Tú la creaste primero para matarme."

Sus palabras se sentían como un golpe helado, hecho más potente por la verdad en ellas. Ella había hecho que Cara matara a Remo, ya que era mitad de Dhiultadh y mitad del vientre de Arianna. Ella había aprendido hace mucho tiempo que ambos poderes combinados podrían congelar un portal, y que, mezclados en uno, podrían destruirlo. Ahora nunca lo sabría, porque su hija estaba muerta. Logan, el compañero de Cara, tomó su pérdida tan fuertemente que se había retirado profundamente en sí mismo, nada más que un vegetal ahora, sin querer siquiera levantar una cuchara a su boca.

Arianna siempre había sabido del peligro al que estaba

metiendo a su hija, pero nunca había imaginado tirarla a Remo Drammen sola o sin estar preparada. Se dio la vuelta antes de hacer algo de lo que se arrepentiría más tarde. Matarlo sería satisfactorio, incluso si regresara después de unas semanas, pero si estuviera diciendo la verdad, que había probado que lo estaba diciendo, entonces el portal podría activarse en un momento en que Remo no estuviera presente y otras criaturas del Cuásar Estelar comenzarían a verterse sin control. La tierra aquí ya estaba muerta, y era posible que nada pasara. Pero si las criaturas aprendían a recorrer los márgenes, como Arianna, Remo y Zantry habían aprendido... y los tres habían destruido un planeta entero para manifestarse físicamente... Arianna no quería pensar en las consecuencias si Remo no estaba presente para proteger el portal, para atar lo que pasara a través.

Furiosa consigo misma y la sensación de inutilidad, Arianna cerró los puños y comenzó a marcharse, buscando el camino en el éter que una vez había marcado para emergencias.

"¿Y Zantry?" Hizo una pausa. "¿Qué le has hecho?"

Cuando solo le respondió el silencio, se fue a la Tierra, a la única persona que sabía que le daría el espacio y el consuelo que necesitaba.

❧ 5 ❧

EL LUTO

Arianna cayó en el centro de la sala de estar de su amiga en Brooklyn, en medio de un glifo que había sido tallado en el mortero durante la construcción de la casa de dos pisos.

Matilda escupió lo que acababa de beber sobre sí misma y saltó para ver a su amiga. No se sorprendió con la repentina aparición, no, había estado esperando que su amiga llegara desde que había oído la terrible noticia. Aunque, Matilda pensó que llegaría de una manera más convencional.

Ella escondió el shock que se sacudió a través de ella al ver la apariencia descuidada de Arianna: la ropa desgarrada y ensangrentada, el pelo despelucado y suelto, anudado y grasoso. Matilda tocó una mano dudosa en el hombro de su amiga, sin saber si la sangre en su ropa era suya. Primero sintió los temblores que sacudieron los hombros de Arianna, oyó los sollozos a continuación. Su corazón fue con su amiga, herido por ella, por la horrible pérdida que había sufrido la semana pasada. Ella entendía que las lágrimas no llegaban fácilmente a Arianna, así que se agachó a su lado, reunió a la mujer afligida en su pecho, encontró la mirada de su esposo antes de que él se pusiera de pie y saliera de la habitación.

Cuando Arianna se calmó, Matilda la ayudó a ponerse de pie, y luego la llevó al dormitorio de huéspedes en el segundo piso. Sin decir una palabra, ayudó a Arianna a desvestirse, revisando sus palmas lesionadas y rodillas heridas, antes de ayudarla a ir al baño y ponerse bajo el aerosol caliente.

Cuando Arianna emergió del baño, limpia y desnuda unos minutos más tarde, encontró unos pijamas suaves dobladas encima de la cama individual, se vistió mecánicamente. No había llorado antes, no había derramado una lágrima incluso cuando se enteró de que su mundo se estaba poniendo patas arriba, puesto al revés de una manera que obliteró todo lo que había amado y criado. Pero la desesperanza de hoy, de darse cuenta de que no podía vengarse de su enemigo por el asesinato de su hija sin condenar a todo el universo, rompió una parte fundamental de sí misma. Ella deseaba a Zantry, el único amigo que podía entender, pero él también había desaparecido misteriosamente. Ella creía que Remo también era responsable de eso, pero su falta de regodearse por su victoria aún no la había preocupado. Ella creía que Zan aparecería pronto, ya que él siempre volvía, y juntos se darían cuenta de algo.

Matilda trajo su té de manzanilla y se sentó con ella para acompañarla en silencio mientras Arianna lo bebía todo, sabiendo que la encantadora había puesto un hechizo calmante en el té. Cuando terminó, Matilda tomó un cepillo de cabello de la mesita de noche y cepilló suavemente el cabello negro brillante de Arianna. Luego se lo trenzó por la espalda. Luego la recostó en la cama.

La despertó para cenar. Observó impotentemente como su amiga se retiraba cada vez más en sí misma.

Durante meses, Arianna se quedó con Matilda y su esposo, escondida dentro de su propio mundo, en una habitación en una casa en Brooklyn. Rara vez habló o salió a la sala de estar. Sólo preguntó por su amigo Zan, pero Matilda lamentaba no haber oído nada nuevo. No había regresado, y los cazadores empezaban a perder la esperanza.

De vez en cuando, Archer llamaba para preguntar si Matilda tenía alguna noticia sobre Arianna o Zantry, y colgaba en el momento en que escuchaba la respuesta negativa. Matilda le informó a Arianna sobre las llamadas, por supuesto, pero parecía que no le importaba que el mundo creyera que estaba muerta.

Exactamente un año después de que Arianna irrumpió en la sala de Matilda, ella salió de su dormitorio, vestida con los jeans y la blusa verde que Matilda le había comprado hace unos meses. Se fue a la sala de estar, su postura recta, sus ojos determinados.

Se veía bien, aunque lejos de recuperarse. Matilda había ofrecido terapia, meditación, incluso elaborado algunos encantos para ayudar a Arianna con su dolor. Los encantos estaban olvidados dentro del cajón de la mesa de noche junto a la cama individual que Arianna había ocupado durante el año pasado, y las meditaciones y la consejería sólo llegaron tan lejos como ella estaba dispuesta a dejarlo ir. Matilda entendió que a su amiga le estaba molestando algo más que la muerte de su hija. Más que la retirada de la pareja de su hija. Más que la desaparición de Zantry.

—Vas a marcharte, —dijo Matilda.

—Es hora, —dijo Arianna. —Vamos a hablar de todo esto pronto, Matilda.

Desayunaron en silencio, y cuando Arianna se puso de pie para salir, Matilda la acompañó a la puerta.

—Volverás, Ari. Elige con sabiduría. Considera tu propio bien.

Arianna sostuvo la mirada de Matilda, luego se ablandó y abrazó a su amiga.

LA MALDICIÓN

—Haré lo que sea necesario. Volveré antes de que nada se decida.

Arianna se fue, tomó un taxi hacia West 79th, y se dirigió directamente al castillo Belvedere, donde sabía, irónicamente, que había un camino directo hacia la tierra de Sidhe que no se cruzaba con las Tierras Bajas, ya que no quería darle a Remo ningún indicio de su paradero.

Fue recibida calurosamente por los cortesanos de Seelie y fue conducida a Leon, Ejecutor de la Corte Seelie. Leon, la mano derecha y confidente de Titania, llevó a Arianna directamente al santuario interior de la reina Titania sin siquiera anunciar su presencia. Se arrodilló frente a su reina e inclinó la cabeza. Arianna, todavía en pie, sólo bajó la cabeza en un arco deferente, porque la reina Titania no era su reina. Y cuando levantó la cabeza, se encontró con los ojos de Titania sin temor a represalias.

—Arianna Lenard, —dijo la reina Titania. —¿Dónde está tu otra mitad?

—Está muerto.

Todo el mundo giró la cabeza para mirarla con los ojos bien abiertos.

La reina Titania se enderezó y agitó la mano a los cortesanos reales reunidos alrededor de la habitación. A la vez, todo el mundo comenzó a salir, murmurando silenciosamente.

Arianna ignoró las palabras susurradas y sostuvo la mirada de la reina Titania sin acobardarse. Ya era hora. Ella había esperado lo suficiente por Zantry. Debería haber regresado a las pocas semanas de su desaparición. Pero él no lo había hecho, y ella había esperado un año entero.

Sólo una cosa habría impedido que Zantry regresara: la verdadera muerte.

❧ 6 ❧

EL PLAN

A rianna recibió una suite real, una celebración y una cena en su honor. Se vistió con las prendas más finas de Seelie que se le proporcionó, comió, bebió, y bailó. Pero su mente estaba en otro lugar, su corazón congelado en algún lugar profundo. Ella habría preferido apresurarse, pero después de que le explicó la situación a la reina Titania, el plan y su parte en él, recibieron un mensaje de la reina Maeve, solicitando una audiencia y permiso para hablar con Arianna.

Arianna se había retrasado, y no había nada que pudiera hacer más que esperar a que llegara el convoy de Unseelie al día siguiente. Ella fingió estar normal, asistiendo a ambas festividades lanzadas en su nombre, desvió los intentos de coqueteo de los machos Seelie, y bailó durante otra noche con Oberon.

Pero finalmente llegó el tercer día, y con él, la reina Maeve y su séquito real. Arianna necesitó tiempo y esfuerzo para convencer a ambas reinas. Hubo muchas discusiones y negaciones por ambas partes antes de que ella fuera capaz de hacerles ver la razón. No había otra manera, no tenían otra opción que seguir su plan.

Se vio obligada a revelar algunos secretos, explicar lo que había aprendido antes de retirarse para esperar a su amigo Zantry. Hizo que las reinas entendieran que tendrían que trabajar, si no juntas, entonces en conjunto entre sí. Las reinas tenían mucho que perder discutiendo, y tontas no eran, así que escucharon atentamente, incluso si no les gustaba su plan.

Quince días más tarde, todo estaba listo. Ahora, todo lo que Arianna tenía que hacer era convencer a su amiga Matilda para que realizara el ritual.

Matilda y su marido se sentaron juntos en el sofá y escucharon a Arianna explicar su plan con precisión, demostrándoles que, aunque había estado inactiva durante su estancia, su mente no lo había estado. Todo el plan dependía de la aceptación de su amiga a lo indecible, así que una vez que Arianna había terminado, se levantó para darle a la pareja tiempo a solas para debatir entre ellos.

Cuando regresó, Matilda estaba de pie en la ventana, observando el tráfico de Nueva York, su esposo no se encontraba en ninguna parte.

—¿Sabes lo que me estás pidiendo, Arianna? Matilda no la miró.

—Sí.

Matilda sería considerada una practicante de las artes oscuras, incluso sería expulsada del aquelarre local. El residuo del ritual oscuro se reflejaría en cada trabajo que realizara después de eso.

—¿Has hablado con Archer?

—No.

—¿Vas a hacerlo? Matilda se volteó a mirar a su amiga.

Arianna le dio una mirada firme. Nada del dolor con el que se había ido hace dos semanas se mostró a través.

—No. Le dirás que no tiene noticias de mí, como has estado haciendo durante el año pasado.

Matilda suspiró y se movió para estar al lado de Arianna, tomó la mano de su amiga en las suyas oscuras.

—¿No puedes encontrar otra manera?

—Lo he intentado. No hay otra opción.

—Si hago lo que me pides… Matilda respiró hondo, — entiende que serás humana. Perderás tu misma esencia.

Los suaves ojos verdes de Arianna no tenían miedo, ni duda. "Lo sé."

—Puedes olvidarte de todos, de todo. No sé si puedo prescindir de esa parte.

—Entiendo.

—¿Cómo vas a enseñarle al niño si no puedes recordar? ¿Si no tienes más magia?

—No lo haré.

—Tú… Matilda dejó caer la mano de Arianna y dio una carcajada sin humor. —Quieres olvidar, ¿no? ¿Crees que, si hago esto, el dolor desaparecerá, que ya no te afligirás?

Arianna permaneció en silencio.

Matilda se dio la vuelta y se alejó unos pasos, luego se volteó, con los ojos marrones ardiendo de ira.

—¿Qué hay de los que vas a dejar atrás? ¿No podemos llorar, sentir?

—Si no hacemos esto, no importará quién puede llorar o no, Mattie. El portal no se puede cerrar. Si matamos a Remo, incluso por unas semanas, el portal podría activarse en un momento en que él no esté presente para capturar a los seres. Te estoy dando la oportunidad de cerrar el portal y deshacerte de Remo. Arianna subió y abrió sus manos. "No puedo hacer esto de nuevo y sé que al final voy a perder lo que aprecio, Mattie. De esta manera, te doy todo lo que tengo, sin sentir el dolor."

—Y tienes la oportunidad de llevar una vida normal, lejos de todos.

—¿Me reprendes ese deseo, Mattie?

—¿Y si no funciona? ¿Entonces te perdemos por nada?

—Funcionará. Tengo las dos reinas Sidhe invertidas en el plan.

—¿Ambas? ¿Seelie y Unseelie? ¿Negociaste con ellas?

—No es negociable, no. Les expliqué la situación, les dije que podía darles un arma para luchar contra la invasión. Ambas están dispuestas a enseñarle todo lo que necesitará, mental, física, mágicamente. Es la mejor arma que puedo hacer. El mejor plan...

—¡Es un bebé! Matilda explotó. "¡Es una vida, por el amor de Dios, no un arma!"

Los ojos de Arianna se congelaron, su voz se volvió frígida. "Es un arma mortal que será creada para este único propósito. Será criado y entrenado por ambas reinas Sidhe para salvar todos esos planetas. Al final, también morirá para protegerlos a todos. No lo menosprecies."

Matilda se tragó una respuesta, consciente de que golpeó una herida feroz. "¿Qué hay de Archer?"

—Ya piensa que estoy muerta. Ya está de luto por mí. No soy su compañera, Matilda. Con el tiempo encontrará a alguien.

Matilda cerró los ojos, el dolor estaba empezando a calar hondo ella.

—¿Y si lo hago mal?

—No lo harás.

—Tal vez si te dejo algo para que construyas, no tendrás que olvidarlo. Para... Para... tal vez como con Cara, tal vez no tengo que usar el poder oscuro. Puedo invertir algo de tu energía hacia adentro y podemos trabajar algo desde allí.

Ya lo habían intentado antes. Además, Arianna no quería criar a un hijo ni ser parte de la vida de ese niño, sabiendo que lo sacrificaría más tarde. Ese conocimiento había matado a su hija, le había impedido enseñarle a Cara el más duro de los caminos, de impulsarla lo suficiente. Había sido suave con

Cara porque le había importado. No tenía el corazón para hacerlo todo de nuevo y hacerlo bien.

Matilda exhaló. "Tomará tiempo tirar de todo hacia adentro, prepararlo."

—Tanto como sea necesario.

—Podrían pasar años, exageró ella. —No es que pueda tirarlo todo y redirigirlo hacia tu vientre.

Arianna hizo un gesto de acuerdo.

—¿No quieres saber cómo termina? Matilda gritó.

Arianna se encogió de hombros. La verdad era que se sentía vacía. "Será un medio para el final, nada más. Adecuado, ¿no crees, que el trío se deshaga?"

—Zantry todavía podría volver.

—No. Podría haber vuelto en unos días. Unas semanas, como mucho. Ha pasado más de un año, Mattie. No se registra en el Éter, y no lo ha hecho durante todo este año. Sé que le pasó algo malo. Remo lo sabe, por lo que debe haber sido él.

—Tal vez…

Arianna negó con la cabeza. "No sin dejarme saber."

Matilda se desplomó al sofá, cerrando los ojos con la derrota. Ella entendía la necesidad del sacrificio de su amiga, pero maldita sea, Arianna era lo más cercano que tenía a una hermana.

—¿Cuándo? Matilda preguntó.

—Esta noche. Arianna se sentó a su lado. —Vamos a empezar con el ritual esta noche.

—¿Y una vez que estés lista para comenzar? ¿Cómo lo sabremos?

—Voy a ser vigilada por los Sidhe en todo momento. Nadie debe interferir hasta que yo haya concebido.

—¿Tienes al padre listo?

—No. Pero me harás querer estar cerca de alguien fuerte y capaz. Los Sidhe se asegurarán de que sea alguien compatible con la tarea que se avecina.

—¿Y una vez que el bebé ha nacido?

—Los Seelie vendrán por ti. Borrarás mi memoria, me darás una impresión de un pasado otra vez, y luego me dejarás ser. Incluso puedes aparecer más tarde, presentarte.

Arianna le dio una sonrisa inexpresiva.

Pero ambas sabían que eso no pasaría. Una vez que el ritual oscuro fuera terminado, nunca se volverían a ver.

✿ 7 ✿

LA SEGUNDA OPORTUNIDAD

EL PRESENTE: AÑO 2018

F osch recogió flores de camino a casa, rosas rosadas suaves entrelazadas con lirios azules salvajes. En su otra mano tenía una caja de chocolate, junto con una bolsa de comida italiana del restaurante en la esquina. Estaba feliz, libre, enamorado.

—Bruja, brujita, —dijo en el momento en que abrió la puerta principal.

—Aquí.

Fosch siguió la voz hasta la cocina, donde la mujer de la que se había enamorado estaba sentada, frotando un pequeño bulto sobre su vientre. Su aura parpadeaba con magia, más débil que la de la semana pasada, pero mantuvo oculta su preocupación.

—Te traje chocolate. Puso la caja de Godiva frente a ella sobre la mesa.

Ella olfateó y curveó sus labios en una sonrisa. "Y comida italiana. Salsa Alfredo."

Fosch se rio. "Y flores. Para mi hermosa bruja."

Pero Bella tomó ninguna de las cosas, sólo continuó

36

frotando el bulto sobre su vientre lentamente en círculos. El enfoque de Fosch se agudizó en el movimiento, en la palidez de su rostro, en la sensación de su aura. Estaba dolida.

—¿Qué sucede? —preguntó.

—Supongo que estoy inquieta. Ella dio una sonrisa débil. Le quitó el cabello de su cara, notando el sudor a lo largo de su línea del cabello.

—¿Estás segura? —preguntó, adivinando que la temperatura en la casa debería estar por debajo de veinte grados de nuevo. "¿Quieres que te prepare un poco de té?"

—No, acabo de beber una taza. Ella señaló a la taza vacía en el fregadero, y se levantó lentamente, el esfuerzo siendo más cuidadoso de lo que justificaba. Ella le sonrió a Fosch. "¿Podemos comer más tarde? Me gustaría ver una película primero."

"Claro." Tomó su mano sudada en la suya y la llevó al sofá.

Hubiera preferido llevarla, pero sabía que el orgullo no permitiría que Bella lo aceptara. Así que se preparó para atraparla en caso de que se cayera, y de hecho parecía lista para caerse. Acomodó las almohadas para que ella se sintiera cómoda, luego levantó sus piernas para descansarlas sobre sus rodillas y comenzó a masajear un pie, luego el otro. Se quedó dormida en cuestión de minutos.

La vio dormir durante mucho tiempo, le tocó la rodilla, la mano, rozó el bulto sobre su vientre, tuvo cuidado de no despertarla. La preocupación le apretó las tripas. Sólo llevaba veinte semanas y el embarazo ya estaba debilitando sus poderes. A veces se maldecía a sí mismo por ser un tonto, por ser egoísta, por querer esto. No se había olvidado de su trato con Oberon, pero Bella no era humana, por lo que el trato no podía ser culminado.

Fosch miró el parpadeo débil en su aura y frunció el ceño. Se había vuelto más débil a medida que el embarazo progresaba, y le preocupaba que, si continuaba debilitándose, podría verse clara y humana para el momento en que diera a luz. Y a menos que su aura hiciera un cambio rápido, tendría mucho que explicar. A su clan, a Oberon.

Por supuesto, él podía seguir manteniendo a Bella y el embarazo en secreto hasta que ella estuviera bien y su aura recuperara el brillo de bruja. Odiaba las mentiras, la necesidad de evadir las preguntas de su hermano, la vida secreta que llevaba. Se alegró de que ya no tuviera ninguna responsabilidad con el clan, habiéndose quitado el manto de liderazgo la semana después del ritual de curación de su hermano, para asegurar que Oberon no pudiera aprovecharse de la posición de Fosch. Había jugado con la exposición un par de veces, sólo para asegurarse de que ya no era digno de la posición, actuando como imprudente y aventurero para evitar que el clan y su hermano sospecharan cualquier razón para su cambio repentino de carácter. Se había hecho un intermediario entre el gobierno humano y el clan para que nunca más pudiera asumir el papel de líder. Y nunca se había arrepentido.

Hubo desafíos enviados a Archer sobre el liderazgo, como debería haber sido, y Fosch los había aconsejado y atendido a todos, dándole todo su apoyo a su hermano menor, ayudándole a encajar y moldear el manto sobre sus hombros.

Ahora, casi dos siglos después, Fosch nunca se había sentido más feliz por su condición de renegado. Miró hacia abajo al débil parpadeo del aura de Bella, el pequeño bulto sobre su vientre. El niño no sería un Dhiultadh de sangre pura, pero entonces, él tampoco lo era, incluso si su estado mixto lo hubiera hecho más fuerte que una sangre pura. Y su hijo sería fuerte, de eso se aseguraría. Un niño que estaría orgulloso de mostrar lo que sus padres le habían enseñado. El hecho de que Bella fuera una bruja, aunque una diluida, significaba que el heredero también sería capaz de alimentar las runas, con suerte también manipularía la energía, en lugar de simplemente ser capaz de identificarla.

Fosch sintió un tirón de adrenalina y no podía esperar para empezar a enseñar a su hijo, o hija, el arte de la magia. ¿El hijo sería capaz de cambiar? Probablemente, ya que la forma alternativa era un rasgo dominante, incluso tan debilitado como lo sería. Cerrando los ojos, se inclinó hacia el sofá y soñó con un futuro.

❧

Bella volvió a soñar con Mattie. La mujer negra era familiar, aunque Bella sólo la había conocido en sueños. Mattie hizo señas, pero no la siguió. Sabía adónde la llevaría el sueño. Había tenido este sueño una y otra vez. Una o dos veces antes de haber concebido, y a menudo después. Hoy en día, ella podría soñar con ella dos veces en el mismo día.

Como la mayoría de las veces, Bella estaba en un bosque extraño, pero familiar, los árboles altos, los animales extraños. Aquí en el sueño, ella reconocía la tierra, sabía que era la tierra de los Sidhe. Mattie llamó, y cuando Bella miró hacia arriba, se miró en un espejo, pero la mujer que miraba de vuelta era diferente. Tenía el pelo negro largo y recto que brillaba a la luz de la luna, ojos verdes suaves que brillaban con inteligencia y poder. En el sueño, Bella sabía que esta mujer era su reflejo, pero el pelo de Bella era corto y marrón oscuro, sus ojos más avellana que verde. Había un parecido, sí, pero de nuevo, la mujer en el espejo no era ella. Tenía la cara más delgada al igual que su cuerpo. Ambas eran altas, tenían pieles claras similares, pómulos altos. Bella siempre tuvo una punzada de dolor al mirar a los ojos en el espejo, compartió con el reflejo la aguda desesperación comiéndola desde adentro.

Mattie llamó de nuevo, y como en la forma de los sueños, el espejo desapareció y ahora estaba de pie en la corte Seelie, frente a la reina Titania y su séquito real. La reina Maeve entró en la habitación desde una puerta a su izquierda,

39

moviéndose de forma regia para estar al lado de la reina Titania. Los cortesanos se arrodillaron y se inclinaron ante ambas reinas, Seelie y Unseelie por igual, pero Bella no hizo ninguna de las dos cosas.

Un Fee real, un Seelie, a quien Bella reconoció en el sueño como Oberon, se separó del grupo y se acercó a ella, irradiando tristeza, incluso si sus ojos permanecían planos. Se arrodilló frente a ella mientras tomaba su mano fría en la suya.

"Mi señora."

Ella ya sabía lo que iba a venir, así que se preparó.

Algo rozó su mejilla, y sacudiéndose, Bella despertó, todavía en el sofá, la cara del hombre que amaba por encima de la suya, sus ojos preocupados.

—Me quedé dormida, —dijo, disculpándose.

—¿Alguna pesadilla? Le pasó un nudillo sobre su mejilla pálida.

Otra más. Trató de sofocar su preocupación. Necesitaba un curandero, pero no uno humano. ¿Adónde podría llevarla y mantenerla en secreto?

❦ 8 ❦

LA VIGILIA

Al otro lado de la calle, Oberon vio el intercambio, invisible bajo un fuerte glamour. Sabía que esta cadena de eventos sería problemática, incluso si se hubiera negado a interferir. Pero entonces entendió, mientras vigilaba a Bella, que tal vez esto estaba destinado a ser todo este tiempo. Ahora, esperaba. Si la bruja oscura tenía razón, al final del siguiente trimestre, Oberon llevaría a Bella y al hijo a la tierra de Seelie con él.

A pesar de las dudas de Leon y los argumentos de su asesor, Oberon no era nadie para cuestionar el destino. Pudo haber sido cauteloso cuando Fosch y Bella se conocieron, por casualidad, poco después de que la bruja oscura hubiera completado el ritual, pero Oberon no podría haber pedido un mejor giro de los acontecimientos. Había contemplado arrebatar a Bella el momento en que había concebido, como había sido arreglado con Arianna. Pero Fosch iría a él primero, y la bruja oscura le había garantizado que al final del trimestre, el residuo del ritual sería aspirado hacia adentro, una última capa de protección para el descendiente.

Contra las protestas, había dejado a Bella a su propia merced, para vivir parte de la vida de los mortales como ella había querido. Los restos del ritual de la bruja oscura se estaban desvaneciendo según lo prometido, y pronto Oberon sería capaz de reclamarle su premio a Fosch y cumplir su acuerdo con Arianna.

Oberon observó como Fosch frotó el pie de Bella, rozó su mano sobre su vientre. Si no fuera tan sabio, Oberon habría asumido que Fosch estaba enamorado, o borracho.

Oberon se rio y negó con la cabeza. El destino, esa fuerza misteriosa.

Complicó las cosas, sí. Entendía las advertencias de su asesor, pero este vástago era mucho más de lo que esperaban. Entendió que habría necesidad de traición, de pasos complicados para adquirir este hijo en particular, para devolver a Bella a la tierra de Seelie para su protección hasta que los curanderos Sidhe puedan encontrar una manera de que se recupere. No, esto no había sido parte de su acuerdo con Arianna, pero la reina Titania y Maeve se habían decidido y habían enviado investigadores sobre sus tierras.

Frunció el ceño contra la noche sabiendo que esta parte sería más complicada.

—¿Leon, crees que Zantry ya no está vivo? —preguntó Oberon.

Su vigilante contempló su pregunta. "Ha pasado mucho tiempo desde su desaparición. No sabría decirlo"

—Tal vez, si volviera, entonces Arianna no estaría tan determinada a permanecer como humana.

Leon inclinó la cabeza, mirando a la pareja en el sofá. Había sido una feroz defensora de la pareja y había predicho una pelea espantosa entre la corte y el Dhiultadh.

—Arianna afirmó que no se había registrado durante más de un ciclo completo, —dijo Leon. "Ella no haría tal afirmación a la ligera." Se volvió hacia su señor. "Hemos encontrado otro parche de muerte en el Cinturón de Belogia. Remo está haciendo de las suyas de nuevo."

❧ 9 ❧

LA RECOMPENSA

En el momento en que Bella entró en su tercer trimestre, Fosch lo sabía. El aura apenas estaba presente entonces, ausente por completo durante días. El embarazo no había sido amable con ella y lo destrozaba verla desperdiciarse, poco a poco. Había contemplado deshacerse de él, e incluso pensó sobre del tema, probando las aguas para ver cómo reaccionaría Bella. Pero la posibilidad de perder ese hijo había puesto tal desesperación en sus ojos que Fosch dejó el tema a un lado sin abordarlo.

Tenía treinta y cinco semanas cuando llegó Oberon. Para entonces, el aura de Bella se había vuelto azul, completamente humana. No había ningún lugar donde esconderse, y se avergonzaba de admitir que había considerado el camino de los cobardes por mucho tiempo durante las últimas semanas. Pero debido al trato, Oberon sería capaz de encontrarlo dondequiera que fuera, y él no podía dejar a Bella sola, ahora que ella se cansaba simplemente por estar de pie demasiado tiempo.

La había llevado a un chamán en las profundidades de las afueras de Praga, una bruja en los desiertos de Egipto y un curandero humano. Todo estaban de acuerdo en que el heredero estaba bien y en buena salud, y todos se confundieron cuando Fosch explicó el ángulo del aura.

No había nada que hacer más que esperar y rezar para que Oberon no se presentase.

Pero sí se presentó, una tarde cuando Bella estaba tomando una siesta antes de que tuvieran que ir a ver al curandero humano de nuevo. Fosch se puso a un lado para que Oberon entrara. No había necesidad de fingir. Si Oberon estaba aquí en un tiempo así, era porque lo sabía. Así que invitó al consorte de la reina Titania a su casa y le ofreció hospitalidad, según el código Sidhe. Oberon se fue a la ventana en el otro lado de la cómoda sala de estar, miró hacia el lugar desde donde solía ver Bella, antes de voltearse hacia Fosch.

"Se ha cumplido el tiempo del trato, Dhiultadh Yoncey Fosch. He venido por mi parte."

La habitación brilló en la mente de Fosch. Aunque lo había estado esperando, las palabras de Oberon fueron como un duro golpe en su corazón. Quería aullar en protesta, gritar la injusticia del mundo al universo. En su lugar, cruzó los brazos sobre su pecho e inclinó la cabeza, su expresión burlona, arrogante.

—Si mal no recuerdo, —dijo Fosch, —nuestro trato implicaba un híbrido humano, ¿no?

—En efecto.

—Entonces el trato no se ha cumplido todavía.

Oberon levantó la cabeza, escuchando la respiración suave de Bella. "¿No está llevando ella el tuyo?"

Los músculos estomacales de Fosch se estrecharon. "Sí. Pero ella no es humana".

Oberon lo miró con los ojos marrones fríos, no dijo nada.

Bella no había sido humana cuando se conocieron, pero ahora era muy humana. Tenía un vago pensamiento de que tal vez Oberon podía ver el futuro, o se le había contado sobre Bella antes de que se hubiera llegado al trato. Pero ningún Seelie o Unseelie podía ver el futuro, ni siquiera en partes.

—Bella es descendiente de un linaje de brujas, —dijo Fosch. —Su aura de aspecto humano sólo se debe al efecto debilitante que el descendiente tiene sobre ella.

—¿Sí? Se me dejó saber que cuando una hembra lleva un hijo, esta se vuelve más fuerte, resonando ambas fuerzas de vida.

Fosch inclinó la cabeza. Era cierto, y a menudo se había preguntado al respecto.

—Puedes comprobar su herencia por ti mismo, —dijo. — Ella es una descendiente de una bruja de aire y un mago del agua.

—¿Quién? —preguntó Oberon.

No había oído los detalles del ritual del encantador, no había querido saber. Demasiada oscuridad y hechicería, había dicho, al igual que las dos reinas. Pero Arianna estaba decidida a seguir adelante sin la aprobación de los Sidhe, y la reina Titania por fin había concedido tomar el hijo y prepararlo, como Arianna había instruido.

—¿Quién? Fosch repitió. "Su madre murió cuando ella no era más que una niña. Su padre fue asesinado durante la guerra de magos hace diez años".

Fosch pensó que percibió un atisbo de sorpresa en los ojos de Oberon y presionó.

—Y todavía hay una posibilidad de que el descendiente sea macho, una posibilidad muy pequeña según la ecografía, pero pequeño era mejor que nada. "Y una vez que nazca el hijo, el aura de Bella volverá a la normalidad. Borrenski dijo que esto puede suceder, que a veces la cría toma mucho de la madre". Sabía que sonaba desesperado, así que se obligó a callarse.

"El trato implica que la madre de a luz en la corte", le

recordó Oberon a Fosch. "Si el descendiente es masculino, tanto la madre como el bebé pueden regresar a casa". Oberon entonces tendría que tomar otras medidas, pero él también era consciente de los resultados de la ecografía.

—Eso es sólo si ella era humana, —respondió Fosch.

En ese momento, Bella entró en la sala de estar, su cabello castaño despeinado por el sueño, con los pies descalzos, su aura tan azul como la de un humano. Sus ojos, hoy más verdes que marrones, eran intensos mientras se concentraba en Oberon con la intensidad de un rayo láser.

—Te conozco, —dijo. —Te veo en mis sueños. Agachó la cabeza. "Oberon, el consorte de Seelie."

—¿Y tú eres? Oberon preguntó, ocultando su sorpresa.

Tal vez la encantadora no había sido tan meticulosa como ella había afirmado ser.

—Bella.

—¿Y tu madre?

Bella frunció el ceño y miró a Fosch. La duda comenzó a mostrarse en sus ojos, el comienzo de un miedo primitivo.

—Con el debido respeto, —dijo, —No veo cómo eso es de tu incumbencia.

—Lo es, de hecho. ¿Quién te embarazó?

Una vez más, Bella miró a Fosch, y su pánico le afectó. Le gruñó a Oberon, algo que nunca se creía capaz. No la parte del gruñido, sino la necesidad de proteger que se había apoderado de él. Fue en ese instante que se dio cuenta de que Bella era su pareja.

Oberon se quedó quieto, moviendo su mirada de Bella a Fosch, de ida y vuelta. Fosch colocó un brazo alrededor del hombro de Bella, su enorme vientre ondulado con el movimiento del bebé.

Mía. Gruñó de nuevo y miró a Oberon, con los ojos de color amarillo con su bestia interior.

"Respetarás a mi pareja."

Las palabras los sorprendió a todos, incluso a Fosch.

Oberon se recuperó primero. "Te has apareado con una humana, Dhiultadh Yoncey Fosch."

—Ella-no-es-humana, —dijo Fosch entre dientes.

A su lado, los hombros de Bella se sacudieron, y un pliegue apareció entre sus cejas. Oberon se dirigió hacia Bella, quien retrocedió al lado de Fosch, quien gruñó en respuesta.

—¿Quién te embarazó? Oberon exigió.

Fosch quería destrozar a Oberon, pero la razón comenzó a colarse. Se obligó a respirar profundamente, dándose cuenta de que Oberon no se rendiría sin verificar por sí mismo.

Fosch empujó a Bella unos centímetros hacia atrás para poder mirar a sus ojos asustados.

"Está bien. Esto es sólo un malentendido. Adelante, díselo."

Bella negó con la cabeza, su cabello moviéndose graciosamente, su mirada saltando por todas partes. Fosch puso una mano caliente en su mejilla, consciente de los ojos vigilantes de Oberon, y obligó a Bella a mirarlo.

"Cariño, te aseguro que todo está bien. Todo lo que necesitas decirle es quiénes eran tus padres para que pueda verificar por sí mismo que no eres quien él cree que eres".

Los labios de Bella se movieron, pero no salieron palabras.

"Más alto, cariño, puedes hacerlo." Fosch masajeó los nudos en su hombro con una mano y mantuvo su otra sobre su mejilla.

Los labios de Bella temblaron y se separaron. Su mirada se fue hacia los lados. "Yo-yo-yo no recuerdo."

Fosch tardó unos segundos en comprender sus palabras. Por un momento, no se movió. Luego, con un rugido feroz que sacudió la casa, saltó sobre Oberon, con los dientes afilados y las garras afuera, sólo para congelarse a unos centímetros delante de la garganta de Oberon.

—Atacar la realeza Seelie, —dijo Lee sin suavemente, — es perder tu vida, Dhiultadh Yoncey Fosch.

—Le hizo algo a mi pareja, —exclamó Fosch, con los

47

dientes demasiado grandes como para caber en su boca aún humana.

—Yo no lo hice, —respondió Oberon con calma.

Fosch estrechó los ojos, porque sabía que los Seelie no podían mentir, pero estaban bien educados en el arte de la evasión.

—Enviaste a alguien.

—No lo hice.

—Le hiciste algo a mi pareja para hacerla humana.

Aquí Oberon dijo con cuidado. "No fui parte de esto, Dhiultadh Fosch, por ningún medio, sucio o de otro tipo, en la ocurrencia de que hoy en día tu pareja sea humana."

Fosch miró a Oberon. "¿Ni directa o indirectamente?"

Oberon le dirigió su mirada. "No soy responsable, directa o indirectamente, del estado de la mortalidad de su pareja, Dhiultadh Fosch. Tampoco lo es mi gente, directa o indirectamente. Si es humana, es porque eso es lo que es. No es a través de ninguna obra mía".

Fosch se desinfló, y retrajo sus garras a dedos y sus dientes de nuevo a la normalidad. Dio un paso atrás y Leon bajó la daga que le había puesto en la garganta. Fosch se volteó y miró a Bella, todavía de pie donde ella había estado cuando él atacó a Oberon, congelada, ojos reflejando miedo, piel pálida.

—Ella es humana, completamente humana —dijo Leon junto a Oberon.

Fosch gruñó, pero no los miró. En su lugar, mantuvo la mirada fija en Bella, en la forma en que sus hombros temblaban, su estómago estirado, las manos en puños a su lado. Inclinó la cabeza, estudiando su aura azul. Ni un parpadeo del brillo de bruja estaba presente ahora. Se sacudió de nuevo, sus ojos se ensancharon, su piel se palideció aún más.

Las fosas nasales de Fosch ardían. "Qué…"

Bella se desmayó. Sus ojos se voltearon, su parte blanca mostrándose, y se puso flácida. Fosch la atrapó antes de que pudiera golpearse, y la bajó suavemente al suelo.

"¿Bella?" Se ahogaba él al hablar. "¿Bella? ¿Bella? Por favor, dime algo."

Leon se agachó a su lado y estudió a la mujer sin tocarla.

"El hijo está en camino", anunció con voz fría.

🥀 10 🌿

EL RESULTADO

E n el hospital, Fosch caminaba de un lado a otro. Quería llevarla a alguien con más experiencia con el mundo preternatural, pero no había tiempo, incluso si saltar a través del margen fuera posible en su condición. Ella estaba demasiado débil para eso, y él no tenía idea de dónde estaba el curandero del clan.

Tenía hemorragia interna, el doctor había dicho antes de llevarse a Bella a un quirófano, y en ese momento, le gustara o no, ella era humana. Fosch apretó las mandíbulas, sintió un dolor conocido, apretó los puños. Se dio la vuelta cuando Oberon entró en la sala de espera.

—¿Qué estás haciendo aquí? Fosch exigió, casi salvaje ahora.

Oberon miró a los ojos de Fosch, brillando de negro y amarillo, y cruzó los brazos.

—Tengo a Benty vigilando el procedimiento. Se reportará pronto.

Fosch sintió que la lucha lo abandonaba, y sus rodillas se debilitaban.

—Un curandero Seelie facilitaría el proceso, —dijo Oberon, con tono conversacional.

—Me tomé la libertad de enviar a Hiendrich.

Hiendrich, el mejor curandero de toda la tierra de Sidhe. Un poderoso Seelie, considerado como sólo un eslabón por debajo de la reina Titania.

No, no…

Pero Fosch no dijo en voz alta la protesta. Daría cualquier cosa ahora mismo por la seguridad de su pareja, incluyendo un favor abierto a su enemigo. Oberon lo vio pelear consigo mismo. Vio mientras los ojos de Fosch brillaban en amarillo, una y otra vez. Bajo cualquier otra circunstancia, nunca habría interferido, pero esto era una emergencia, una que Oberon se preocupaba mucho por su resultado.

Oberon se endureció y se dio la vuelta para mirar hacia la puerta.

"¿Qué? ¿Qué?" Fosch saltó a su lado, lo agarró del brazo y le dio la vuelta. "¡Dímelo!"

Oberon le gruñó, y por primera vez, Fosch vio a la ira oscurecer la expresión del consorte Seelie, y no podía importarle menos. Benty se materializó frente a Oberon, justo cuando Fosch estaba a punto de sacudirlo. El hada hablaba agitadamente, en el tono agudo que Fosch no podía entender. Tenía ganas de arrancar al hada del aire y empezar a apretarla para obtener información, así que Fosch cerró sus manos en un puño.

Oberon escuchó, luego miró a Fosch, su expresión en blanco. Benty se alejó, desapareciendo cuando un médico, de cara blanca y ojos salvajes, entró en la habitación. Había sangre en su uniforme y guantes verdes. Fosch estaba bastante seguro de que no se suponía que estuviera ahí. No cuando el doctor venía a visitar a un padre para dar las buenas noticias.

"Señor… Señor… el bebé…"

El doctor tragó. Fosch reconoció la histeria en la voz del hombre y dio un paso adelante.

"Señor… ella tiene…" El médico tragó una, dos veces.

"Garras", susurró, con los ojos enloquecidos volteándose hacia atrás antes de desmayarse.

Fosch no intentó atraparlo. La nariz del hombre golpeó el suelo de baldosa, y la sangre comenzó a rezumar de su nariz y de sus labios rotos. Con una calma que no sentía, Fosch pasó por encima del doctor y se dirigió hacia el quirófano, hacia los gritos histéricos que sabía que provenían de la habitación de Bella.

❦

Fosch estaba en medio del círculo de piedra, rodeado por sus parientes y algunos Seelie. A su derecha estaba su pueblo, el Consejo de Unseelie Dhiultadh en el medio. A su izquierda los cortesanos de Seelie, con la reina Titania y Oberon en el frente y ligeramente separados. Fosch había sido testigo de este tipo de ejecución sólo una vez, aunque habían sido comunes durante el reinado de su abuelo.

—Dhiultadh Yoncey Fosch, —dijo Leon, —usted ha hecho un trato con el consorte Seelie, Oberon. ¿Lo niega?

—No.

—Este trato implica un híbrido humano, la descendencia de una hembra humana y usted. ¿Lo niega?

—No.

Leon se dio la vuelta para ver a la multitud. "Hoy nos hemos reunido para presenciar la ejecución de Dhiultadh Yoncey Fosch, hijo de Dhiultadh Bran Fosch, por negarle al consorte Seelie su legítimo premio."

Oberon lentamente dio un paso adelante, relajado, con una espada con joyas a su lado. Encontró la mirada de Fosch, no mostró nada del arrepentimiento que sentía.

—Dhiultadh Yoncey Fosch, por la presente te doy esta última oportunidad. ¿Morirás como un cobarde, o cumplirás con nuestro trato?

Fosch se encontró con la mirada de Oberon. "Mi hija no será criada como una puta Seelie."

Oberon dio un paso atrás e inclinó la cabeza una última vez. "¿Confirmas que pierdes tu propia vida, Dhiultadh Yoncey Fosch?"

—Sí, —respondió Fosch, con calma.

Se negó a mirar cuando Archer murmuró su protesta.

—Que se sepa, —dijo León por encima de la murmuración de los Fee y Dhiultadh, —que él Dhiultadh Fosch ha tenido una oportunidad adicional de arrepentirse y se ha negado.

Fosch miró a Oberon, no encontró rastros de triunfo o burla en la cara de Seelie. Por el contrario, el consorte Seelie parecía sombrío, siniestro incluso.

Leon se dirigió hacia la multitud reunida. "Él Dhiultadh Fosch ha sido condenado a la muerte del cobarde, por las garras del salvaje Jubada, y todos seremos testigos hoy."

Ya estaba muerto por dentro, separado del hombre que había sido una vez. Como una concha vacía. La única razón por la que había soportado tanto tiempo era para salvar a su hija de un destino horrible, para honrar el sacrificio de su compañera.

Había sentido la fuerza de su hija cuando la cargó en el hospital, la había ayudado a retraer sus pequeñas garras. Había sabido desde el momento en que la sostuvo que ella sería fuerte. Su aura, a pesar de verse clara y humana, había ardido llena de poder, y Fosch había realizado un ritual de contención para mantener la fuerza de su hija unida hasta su primer cambio, que sólo ocurría en la cúspide del ciclo de pubertad del hijo, y sólo en presencia del líder del clan. Confió en su hermano para buscar ayuda si su hija exhibía más poder con el que Archer estaba acostumbrado a lidiar.

Fosch se volteó y se encontró con los ojos de Archer. "El nombre de mi hija es Roxanne."

Miró hacia otro lado antes de que su hermano pudiera expresar una negación, y se alejó a la fosa que había sido preparada. Hubiera preferido morir por la espada, pero por el bien de su hija aceptó la muerte del cobarde. En realidad, cualquier muerte sería preferible a una vida sin su compañera. Al arrodillarse, recordó los tiempos alegres que había pasado con ella.

Fosch cerró los ojos, pero no antes de ver a Oberon apretar los puños, y a la reina Titania apretar su mandíbula. Oyó los galopantes cascos del Jubada acercándose, oyó la risa de Bella, recordó los ojos oscuros de su hija mirándolo, y sabía que ella estaba destinada a un grandioso futuro.

EPÍLOGO

Los siete miembros del Consejo Superior de Unseelie Dhiultadh se reunieron en la sala verde y observaron al bebé dormir. Se habían reunido para decidir el futuro del híbrido, para acordar su destino.

—Es una abominación, —dijo Alleena, indignada simplemente por estar en su presencia.

—Todavía no puedo creer que diera su vida por ella, —murmuró Rubén, el dolor aparente en sus ojos oscuros.

El más joven del grupo, era, sin saberlo, el único que sentía simpatía por la heredera.

—¿Qué tipo de trato podría haber hecho? —preguntó Jaspion.

Todos miraron a Archer, pero él no respondió. Su shock no se mostró a través de su fachada pasiva, una que había aprendido imitando a su hermano mayor. Había aprendido mucho de él. Lo había adorado de niño, había buscado su aprobación cuando era joven y le había pedido consejo como hombre. Incluso cuando Fosch le había pasado el liderazgo, fue a Fosch al que se dirigía cuando se emitía un desafío, cuando se presentaba un problema.

La noticia de la ejecución había conmocionado a Archer,

tanto que se había negado a creer la verdad hasta que llegó al círculo de piedra y vio a su hermano negarse a cumplir el trato.

Archer recordó ese año en la primavera, cuando se había recuperado milagrosamente de la plaga, el vago recuerdo de despertarse en medio de la noche para encontrar a su hermano de pie junto a su cama, sus ojos brillaban de color naranja con su poder de brujo de la Tierra. Fosch sabía que había sido infectado, y había enviado a Arianna por Zantry para que pudieran ayudarlo, o matarlo si no podían, para evitarle a su hermano el dolor de tener que hacerlo él mismo.

Archer tocó su frente, el lugar donde una vez una cicatriz marcó su piel durante unas horas, frotó su dedo índice sobre la marca fantasma.

—Podríamos dejarla en el desierto, —sugirió Bebbette desde su derecha.

La mayor del grupo, ella era la que todavía se aferraba a viejas tradiciones y reglas con dientes y garras. No le había gustado cuando Fosch le pasó el liderazgo a Archer. Incluso había desafiado a Archer a un duelo. Archer ganó el duelo, y contra la precaución de Fosch, la dejó vivir, un respeto que le otorgó a su mayor. Aunque no le había dado las gracias entonces, hace tiempo que había cambiado y se había convertido en una de sus amigas de confianza.

—O enviarla a Cora para que la crie, —dijo Thalia.

Ella fue una de las pocas que se acordó de transmitirle la noticia a Cora, la hermana menor de Fosch, líder del Aquelarre de las Brujas de Tierra.

—O matarla y ya, —dijo Saydy, la compañera de Thalia. —Ella es tan pequeña. Ella no va a dar pelea.

Se rieron al unísono.

—¡Suficiente! Archer gritó. "No vamos a matarla. No vamos a pasar por toda esa molestia con la corte humana para deshacernos de ella".

—¿Qué sugieres? Alleena preguntó. —¿Vas a criarla por

LA MALDICIÓN

tu cuenta? Sonrió. "Ya tienes una raza mixta incompetente. No sería nada difícil para ti degradarte a un híbrido humano".

En verdad, Alleena se sentía con derecho a la posición de Logan, creyó que había sido robada de ella ya que era la hermanastra de Fosch y mayor que Archer por unos años. Ahora, este híbrido apareció de la nada y Alleena se sentía amenazada por él.

Archer agachó la cabeza y se encontró con la mirada inquebrantable de Alleena. Sabía que ella codiciaba la posición de Logan, pero las reglas dictaban que se le diera suficiente tiempo para sanar después de la muerte de un compañero. Y por Arianna, Archer le daría a Logan, el hijo del corazón de Arianna, todo el tiempo que necesitase.

"Esa raza mixta incompetente del que te burlas, Alleena, es mi segundo, el compañero de mi hija. Aseguraré, una vez que se haya recuperado del shock de perder a su compañera, de hacerte la primera en desafiarlo si así lo deseas. ¿A menos que prefieras desafiarme?"

Alleena miró hacia otro lado, como Archer sabía que lo haría. Logan era el mejor luchador que tenía, no importaba si no era una sangre pura. Era una mezcla de los dos clanes Dhiultadh, sus padres enloquecieron y fallecieron.

Archer miró a su alrededor las seis caras que lo rodeaban, se encontró con la mirada de todos hasta que cada uno miró hacia otro lado.

—Su nombre es Roxanne, —dijo. "Ustedes la llamaran por su nombre, Roxanne Fosch." Leyó la involuntariedad en los ojos de todos. "No sé por qué se hizo el trato, excepto que Fosch habría tenido una maldita buena razón para ello. Todos ustedes han admirado a mi hermano por su astucia, han seguido su liderazgo durante siglos sin dudar. Una de sus acciones, que ni siquiera sabemos de su razón de ser, y cada uno de ustedes está pensando mal de él. ¿Cuál de ustedes nunca ha cometido un mal, algo de lo que avergonzarse?"

Esta vez, hubo vergüenza en algunas caras antes de que apartaran la mirada.

"Ahora, no voy a deshacer su sacrificio sin saber por qué hizo lo que hizo." Inclinó su cabeza a la sonriente Alleena.

"Tú la criarás y descubrirás por qué."

La sonrisa de Alleena se desvaneció. Esperó a que se tragara su negación y la reformulara de nuevo. "¿Y si no hay nada que encontrar?"

—El gobierno la quiere para investigarla. Darás la lucha en la corte por ella como la única pariente viva de su madre. Archer alzó la voz para cortar la protesta de Alleena. "Y como la única científica del clan, estudiarás la sangre de la niña a medida que crezca".

Alleena cerró la boca, con los ojos ardiendo de ira.

—¿Y si hay más sobre ella? —preguntó Rubén. —Fosch había estado actuando imprudentemente…

Ignoró el gruñido de advertencia de Archer y continuó: "Pero sé que era un hombre inteligente, probablemente tuvo una buena razón para hacer lo que hizo. Tal vez hay algo que estamos pasando por alto".

Archer inclinó su cabeza. "Si hay algo, Roxanne desaparecerá antes de que tengamos que cumplir el veredicto del humano."

—¿Y si no hay nada que encontrar? Alleena repitió.

Archer miró a la bebé, contempló el pequeño bulto, recordó a su propia hija. Su corazón se congeló, endureciéndose contra la emoción que trató de acumularse.

"Si no hay nada, podemos usarla para hacer que los humanos pierdan interés en atrapar a uno de nosotros."

Había un rastro de culpa dentro de él, apagada por el entumecimiento interno resultante de todo lo que había perdido. Y mientras los otros miembros del consejo se miraban los unos a los otros, Archer se preguntó si algún día lamentaría esta decisión.

Hubo una pausa conmocionada antes de que Jaspion se

riera. "Ah, si descubren que ella no es más que una preternatural menor, entonces no hay razón para que persistan."

Bebbette asintió con un gesto. "Fue culpa de Fosch que se pusieran en nuestro camino en primer lugar. Es justo que su hija arregle su desorden".

Se tomó la decisión, todos se pusieron de pie y salieron de la sala del consejo, excepto Archer y Roxanne. En la puerta, Rubén se detuvo y se volteó.

"Señor, lamento su pérdida", dijo y se fue.

Archer recordó todo lo que había perdido estos últimos años. Una hija, un amante, un amigo, y ahora un hermano.

Frunció el ceño a la hija de su hermano, deseaba que ella demostrara ser más de lo que parecía, por el sacrificio de su hermano. Luego llamó a Laura, su sirvienta, y le ordenó llevar el "híbrido" arriba a la habitación en frente de la de Logan.

Caro leitor,

Esperamos que você tenha gostado de ler *La Maldición*.
Reserve um momento para deixar uma crítica, mesmo que
curta. A sua opinião é importante para nós.

Atenciosamente,

Jina S. Bazzar e Next Chapter Team

ACERCA DE LA AUTORA:

Jina S. Bazzar es una escritora independiente, bloguera y madre. Nació y creció en Brasil, y actualmente vive en el medio-este. Llevaba una vida normal y sin incidentes hasta que desarrolló una enfermedad crónica durante su adolescencia que hizo que se quedase ciega.

Para saber más sobre su escritura, su vida diaria y percances divertidos, visítala en su página:

www.authorsinspirations.wordpress.com

La Maldición
ISBN: 978-4-86747-675-8

Publicado por
Next Chapter
1-60-20 Minami-Otsuka
170-0005 Toshima-Ku, Tokyo
+818035793528

25 Mayo 2021

CPSIA information can be obtained
at www.ICGtesting.com
Printed in the USA
BVHW030950090621
609091BV00004B/371

9 784867 476758